Para Kyle Con Cariño
Enjoy my little cow!
Sonia Salinas ☺

Muu, muuu dice una vaca

por
Sonia Salinas

ilustrado por Luis Alfaro

S&S PUBLISHING

S&S PUBLISHING

Published by S&S Publishing

ISBN-13: 978-0-9794710-0-1

ISBN-10: 0-9794710-0-1

S&S Publishing
Maryland, USA

Para todas mis vaquitas juguetonas.
Amanda, Brigitt, Iris, Naya, Sofía y Pilar.

-Sonia

Para Hanna y Nicolás,
todo lo que hago es para ustedes.

-Luis

Muu, muuu dice una vaca
meciéndose en una hamaca.

Muu, muuu dice una vaca rompiendo una piñata.

Muu, muuu dice una vaca
colgada de la luna
vestida de plata.

Muu, muuu dice una vaca
subida en un arco iris
haciendo música
con dos maracas.

Muu, muuu dice una vaca
saludando con un pañuelo.

Muu, muuu dice una vaca
volando por el cielo.

Muu, muuu
dice una vaca
bailando un tango.

Muu, muuu dice una vaca comiendo un mango.

Muu, muuu dice una vaca
montada en una bicicleta.

Muu, muuu dice una vaca
montada en una patineta.

Muu, muuu dice una vaca
volando un papelote.

Muu, muuu dice una vaca
remando en un bote.

Muu, muuu dice una vaca
practicando su equilibrio

Muu, muuu dice una vaca leyendo un libro.

Muu, muuu dice una vaca jugando peregrina.

Muu, muuu dice una vaca
jugando de cocina.

Muu, muuu dice una vaca
haciendo clavados en la alberca.

Muu, muuu dice una vaca
saltando la cuerda.

Muu, muuu dice una vaca
en el mar nadando.

Muu, muuu dice una vaca
en la arena caminando.

Muu, muuu dice una vaca
buscando la flor más bella.

Muu, muuu dice una vaca
contando las estrellas.

Muu, muuu
dice una vaca
cansándose,
cansándose.

Muu, muuu
dice una vaca
poniéndose
sus pijamas.

Muu, muuu dice una vaca acobijándose en su cama.